Onderdanige Vrouw

Erika Sanders
serie
Overheersing en erotische onderwerping

Samenvatting

Rachel en Roger zijn een normaal stel dat al twintig jaar getrouwd is.

Uw kinderen studeren al en wonen alleen thuis.

Maar de man is niet tevreden met zijn seksuele relaties, die hij saai vindt, en besluit dat ze zich tot een specifieke huwelijksadviseur moeten wenden.

Wie is deze huwelijksadviseur die Roger zijn vrouw aanbeveelt om haar ... seksuele technieken te verbeteren?

Onderdanige Vrouw is een roman met een hoog erotisch BDSM-gehalte en wederom een nieuwe roman uit de Erotic Domination-collectie, een serie romans met een hoog romantisch en erotisch BDSM-gehalte.

(Alle personages zijn 18 jaar of ouder)

Noot voor de auteur:

Erika Sanders is een internationaal bekende schrijfster, vertaald in meer dan twintig talen, die haar meest erotische geschriften, ver van haar gebruikelijke proza, ondertekent met haar meisjesnaam.

inhoudsopgave

ONDERDANIGE VROUW
ERIKA SANDERS

EERSTE DEEL:
20 jaar huwelijk

HOOFDSTUK 1

Het was weer een nacht met saaie seks.

Maar geen van hen klaagde.

Na twintig jaar huwelijk was seks routineuzer geworden dan wat dan ook.

Rachel ging terug naar bed nadat ze zich tussen haar benen had gewassen.

Ze deed het licht uit, ging onder de dekens zitten en ging naast haar man liggen.

'Dat was leuk', zei hij.

"Ja," antwoordde Roger. 'Een beetje beter sinds de jongens die naar de universiteit gingen, toch?'

Ze gaf hem een por met haar elleboog.

'Wat een vreselijk iets zeg je.'

'Maar je moet toegeven dat het maar goed is dat we het niet langer stil hoeven te houden. En we kunnen de deur open laten.'

Rachel dacht even na.

'Ik denk het wel. Maar ik mis haar nog steeds zo erg.'

"Ik ook."

Ze sloot haar ogen.

"Goede nacht."

"Welterusten, lieverd," antwoordde hij en kuste haar voorhoofd.

HOOFDSTUK 2

De volgende dag was een typische werkdag voor Rachel.

Ze was accountant bij een middelgroot accountantskantoor.

Met de recente economische groei in de binnenstad had hij veel werk te doen voor nieuwe klanten.

Tijdens de lunch at ze met dezelfde groep vrouwen die ze de afgelopen jaren had gegeten.

Ze spraken over hun gebruikelijke onderwerpen: roddels, entertainmentnieuws, familie, hun kinderen, nieuwe recepten, enz.

Ze waren allemaal beste vrienden en genoten altijd van elkaars gezelschap.

Het was bijna zes uur 's middags toen Rachel thuiskwam.

Rogers auto stond al op de oprit.

Toen hij het huis binnenkwam, was het bijzonder stil.

Roger zei altijd snel "hallo".

Ze belde hem, maar kreeg geen antwoord.

Toen Rachel de keuken binnenliep, sloeg een paar armen van achteren om haar heen.

Zijn handen raakten wellustig zijn borst.

Ze schreeuwde het hardop.

"Het is oke!" zei hij en liet haar los. "Ik ben het! Ik ben het!"

Hij draaide zich snel om en zag een verbijsterde blik op Rogers gezicht.

Hij had duidelijk niet verwacht dat zijn vrouw zo zou reageren.

"God! Roger! Maak me nooit meer zo bang!"

"Ik wilde je verrassen".

'Hoe was dat een verrassing?' ze was boos. 'Je maakte me bang bij daglicht. Ik dacht dat ze me aanvielen!'

'Sorry. Ik probeerde gewoon romantisch te zijn.'

'Er is niets romantisch aan zo aangeraakt te worden.'

'Sorry. Ik zal het niet nog een keer doen.'

Rachel nam even de tijd om te kalmeren.

'Het was niet mijn bedoeling om zo boos te worden. Het is gewoon, alsjeblieft, een beetje meer rekening te houden met je verrassingen, oké?'

'We hebben nooit meer plezier. Is het je opgevallen?'

"Alsjeblieft Roger, daar heb ik nu geen zin in."

"Oké," beaamde hij verslagen.

Rachel draaide zich om en ging naar de slaapkamer om zich om te kleden.

Hij ging op het bed zitten en zuchtte.

HOOFDSTUK 3

De volgende dag.

Rachel zat achter de computer haar boekhoudkundige werk te doen.

Zijn telefoon ging.

Het was haar man.

Ze nam het telefoontje aan en toen Roger haar vertelde dat het belangrijk was, zei ze dat ze even moest wachten terwijl ze naar buiten ging voor meer privacy.

Hij vroeg zich af waar het telefoontje over ging.

Roger belde zelden terwijl ze aan het werk was.

Hij dacht dat het niet kon zijn vanwege hun ruzie gisteren, want hij had het die avond al gerepareerd.

"Ja?" Zei hij als hij buiten was, weg van het andere personeel.

'Laten we volgende week op reis gaan,' antwoordde hij bot. 'Er is een rustige plek waar we naar de kust kunnen gaan.'

"Ik kan het echt niet. Het is momenteel erg druk met mijn werk."

'De mijne is ook zo. Maar we kunnen een gat maken. We kunnen aanstaande vrijdag gaan en in het weekend blijven. Neem gewoon een dag vrij van het werk.'

'Maar dat hoeft niet,' antwoordde ze, in een poging met hem in discussie te gaan. 'Ik ben niet boos op je. Hebben we dat gisteravond niet uitgezocht?'

'Het gaat niet over gisteren. Het gaat over ons huwelijk.'

Rachel schrok van die woorden.

Hij was er altijd van uitgegaan dat hun huwelijk sterk was en dat ze Roger alles gaf wat hij ooit in een vrouw wilde hebben.

'Zit ons huwelijk in de problemen?' Zij vroeg.

'Praat niet zo. Maar er is een manier om ons huwelijk ... beter te maken ...'

Een ander signaal liep over zijn rug.

"Waar gaat deze reis over?"

"Ik denk dat er iemand is die ons kan helpen."

'Een huwelijksadviseur?' vroeg ze verrast.

Hij stopte even.

'Ja. Zoiets. Een huwelijksadviseur.'

'We zijn toch niet zo slecht? Ik dacht ... ik dacht ...'

Rachels stem werd verstikkend en haar ogen tranen.

'We doen niets verkeerds,' antwoordde hij, in een poging haar te kalmeren. 'Maar ik denk dat we ons kunnen verbeteren. Daar heb ik al een tijdje over nagedacht.'

'Goed. Als je denkt dat het het beste is.'

'Bedankt lieverd. Het spijt me dat ik je op het werk belde. Het is een last-minute-ding. Ze had een last-minute baan op haar schema en daar wilde ze van profiteren.'

Rachel trok een wenkbrauw op.

'Jij? Is de adviseur een vrouw?'

"Ja."

'Wat weet je over deze persoon? Waarom moeten we zo ver voor hem reizen?'

'Ik zal het later uitleggen. Maar ze heeft een unieke reputatie. En ik denk dat ze wonderen voor ons zal doen.'

'Als je dat wilt, is dat prima.'

'Ik ben blij dat je daarvoor openstaat. We zullen vanavond de details bespreken.'

"Oké doei."

"Vaarwel."

Het gesprek werd beëindigd en Rachel was stomverbaasd met haar telefoon in de hand.

Er was een bom op haar gevallen, maar ze besefte dat ze alles zou doen om haar huwelijk sterk te houden.

HOOFDSTUK 4

Een paar dagen later.

Rachel stond in de kamer en vouwde de kleren op voor de volgende reis.

Ze wist dat het warm weer zou worden, dus pakte ze de T-shirts, korte broeken, sandalen en zwemkleding in die Roger voor haar moest meenemen, omdat ze dicht bij het strand zouden zijn.

Ze wilde niet weggaan, niet alleen omdat het idee haar duizenden dollars zou kosten, maar ook omdat ze veel tijd op haar werk moest doorbrengen, en die verspilde dag zou een dag worden om in te halen.

Maar als dit het beste was voor zijn huwelijk, dan wilde hij er geen ruzie over maken.

Wat hem het meest stoorde, was dat Roger ongewoon kort en vaag was over huwelijkstherapie.

In al hun huwelijksjaren stonden ze altijd voor alles open.

Er waren nooit geheimen geweest.

Er was nooit een leugen.

Daarom was hun huwelijk zo succesvol.

Tot nu...

Hij vroeg zich lange tijd af waarom Roger een adviseur wilde zien.

Wat gebeurt er met ons huwelijk?

Ik dacht dat alles in orde was.

Ik vond alles perfect tussen ons.

Is het seks

Ik ben niet goed genoeg meer

Wil je iemand anders?

Heeft hij een affaire ?!

De koffer was bijna vol.

Het enige dat nog moest passen, was het badpak.

Er zat een oud stel in haar kast.

Die ze al jaren niet meer had gebruikt.

Hij kleedde zich uit voor de spiegel.

Ze keek naar zijn naakte lichaam.

De lichte lijntjes op zijn gezicht waren groter geworden.

Haar voorheen zeer parmantige borsten begonnen door te zakken.

Zijn heupen werden dikker ondanks de aërobe oefening.

De waarheid is dat het geen wonder is dat Roger een adviseur wil zien.

Ze trok haar badpak aan en poseerde ermee voor de spiegel.

Je zal het leuk vinden.

Op dat moment verliet Roger zijn thuiskantoor en benaderde Rachel met een frons.

"Wat gebeurt er?" vroeg ze, nog in haar badpak.

'Ik heb net met mijn baas aan de telefoon gesproken. Een van onze klanten heeft net een rechtszaak van meerdere miljoenen ontvangen. Ik kan deze reis niet meer maken.'

Ze keek hem in de ogen en wist dat Roger de waarheid sprak.

Er kwam een sprankje hoop in Rachels gedachten.

Ik was blij dat de reis waarschijnlijk was geannuleerd.

'Het is heel erg', antwoordde ze. 'Betekent dit dat de reis wordt geannuleerd?'

'Het heeft geen zin om de hele reis te annuleren, want ik heb al betaald voor de vluchten en het overleg. Je moet alleen gaan.'

Ze was verrast.

'Moet ik alleen een huwelijksadviseur zien? Wat heeft het voor zin?'

De zucht.

'Rachel, ik hou zoveel van je. Ik hou meer van je dan van wat dan ook. Jij bent de liefde van mijn leven.'

'O god, je hebt een verhouding. Is het niet? Er is toch iemand anders?'

'Nee, dat is niet zo', zei hij nadrukkelijk. 'Ik zou je nooit bedriegen. Ik heb het nooit gedaan en ik zal het ook nooit doen.'

'Dus wat is er aan de hand? Je bent de afgelopen dagen erg ongrijpbaar geweest op deze reis. Je bent nog nooit zo terughoudend geweest.'

Hij zuchtte weer en schudde zijn hoofd.

'Het spijt me. Ik was niet helemaal eerlijk tegen je. Ik denk dat ik niet zo moedig ben als ik dacht.'

"Vertel me wat is het?"

"Vertrouw je me?"

'Natuurlijk wel. Als je een verhouding hebt, vertel het me dan gewoon. We kunnen het uitzoeken.'

'Ik heb geen verhouding, Rachel. Maar ik denk dat er veranderingen in ons huwelijk moeten komen.'

"Ben ik niet meer goed genoeg?" Zij vroeg.

'Zeg dat nou niet meer. Je bent mijn vrouw. Ik hou meer van je dan van wat dan ook.'

'Waarom ben je dan niet eerlijk tegen me?' verplicht.

Hij schudde zijn hoofd.

'Ik probeer eerlijk te zijn. Maar ik kan het niet. Het is niet gemakkelijk. Vertrouw me, ik wou dat alles gemakkelijk was.'

'Ik begrijp je niet meer, Roger.'

Een droefheid verscheen op zijn gezicht.

'Kun je me beloven dat je nog steeds gaat? Ik weet dat het moeilijk is om zo te gaan, maar ik zou niet vragen of ik niet dacht dat het ons huwelijk zou kunnen redden.'

'Denk je dat ons huwelijk moet worden gered?' vroeg ze met tranen in haar ogen.

'Maak dit alsjeblieft niet moeilijker, Rachel. Kun je me beloven dat je alleen gaat? Ik wil dat je de counselor ontmoet en hoort wat ze te zeggen heeft. Luister gewoon, en als het je niet bevalt, kom dan langs Thuis. Alsjeblieft, ik smeek je ".

De tranen liepen al over haar wangen.

Rachel verslikte zich in hen en kon nauwelijks praten.

Toen sloeg ze haar armen om haar man heen en omhelsde hem stevig.

Hij zou zijn huwelijk niet verliezen, dus het maakte niet uit wat het kostte.

TWEEDE DEEL:
Lady Samantha en vrouw

HOOFDSTUK 5

Rachel zag een goedgeklede man nadat ze met haar bagage de luchthaventerminal had verlaten.

De man hield een bord met zijn naam erop.

Ze spraken en bevestigden de identiteit van beiden.

Ze stapte ongeveer dertig minuten in haar luxe auto voordat ze hun bestemming bereikten.

Ze hoopte bij een kantoorgebouw te komen.

Maar hij was verrast om te zien dat het doelwit eigenlijk een groot huis bij het strand was dat meer op een landhuis leek.

De eigenaar van de plaats was een zeer rijk persoon.

En de eigenaar was beslist geen gewone huwelijksadviseur.

De auto stopte op de oprit.

De chauffeur ging naar de kofferbak om de bagage te halen.

Op dat moment ging de voordeur van de strandvilla open en verscheen er een lange, statige vrouw.

Ze zag er prachtig uit, halverwege de dertig, met lang golvend haar en een voorbeeldig lichaam.

'Jij moet Rachel zijn,' lachte de vrouw. 'Ik heb geweldige dingen over je gehoord.'

"Ik ben en jij?"

'Samantha. Welkom in mijn huis.'

De twee vrouwen schudden elkaar hartelijk de hand.

'Wat een prachtige plek. Zoiets had ik zeker niet verwacht.'

'De meeste mensen niet. Het is jammer dat uw man niet kon komen.'

'Kent u mijn man?' Rachel vroeg.

'Ik reis veel met mijn vader voor zaken en heb je man verschillende keren gezien. Maar daar kunnen we later meer over praten. Ik weet zeker dat je uitgeput bent. Ik zal je eerst je kamer laten zien.'

Samantha leidde Rachel, vergezeld van de chauffeur, de trap van het landhuis op naar de logeerkamer.

De chauffeur zette de bagage in de slaapkamer en vertrok toen.

Rachel was in een constante staat van verwondering toen ze naar de villa keek.

Hij kon er niet achter komen hoeveel het allemaal waard zou zijn.

'Ik laat je douchen en rusten,' zei Samantha. 'De handdoeken liggen in dezelfde badkamer. Kom rond zes uur' s middags naar het strand. We kunnen samen naar de zonsondergang kijken en vers fruitsap drinken. '

"Dat klinkt heerlijk".

Samantha glimlachte.

"Tot ziens".

HOOFDSTUK 6

Rachel nam een koude douche en ontspande zich.

De logeerkamer in het huis was beter dan elke kamer in een luxehotel waarin hij ooit had verbleven.

Alles was pure luxe en klasse.

Hij vroeg zich af wat Roger had gepland.

* * *

Zes uur kwam en Rachel kwam de trap af, nonchalant gekleed voor het warme weer waarin ze zaten.

Hij ging naar het strand en vond het uitzicht prachtig.

Hij was vergeten hoe mooi de zee kon zijn, vooral tijdens een zonsondergang.

Hij zag Samantha daar staan en het uitzicht op de oceaan bewonderen.

'Je bent zo blij om hier elke dag van te genieten,' zei Rachel.

"Inderdaad."

'Dus wat doe je hier precies?'

'Wat heeft Roger je verteld?'

'Helaas niet veel. Alleen dat je een soort huwelijksadviseur bent. Maar het lijkt erop dat ik niet meer helemaal zeker weet of dat het geval is.'

"Ik doe verschillende dingen," antwoordde Samantha. "Ik doe wat onroerend goed en baanontwikkelingen namens mijn vader. Maar ik doe ook gunsten aan mensen. Gunsten die ik met veel plezier aanbied."

"Hoe? Huwelijkstherapie?"

Samantha glimlachte liefdevol.

'Dat kun je ook zeggen.'

'Waarom is iedereen zo lui? Is er een geheim dat ik niet mag weten?'

'Als je de waarheid wilt weten, ik heb in de loop der jaren veel stellen geholpen. Ik geef niet om geld. Ik doe het voor mijn plezier. Ik help graag.'

'En hoe help je deze stellen precies?' Rachel vroeg.

"Hoe denk je? Wat is de basis van een goede relatie?"

'Liefs,' antwoordde Rachel.

"Seks," knipoogde Samantha. "Ik help stellen om seks voor hen te laten werken."

Rachel was diep geschokt, maar ze liet haar gezicht niet zien.

Ze was verrast dat haar liefhebbende echtgenoot van twintig hieraan dacht toen ze hem over haar vertelde.

'Dus jij bent een sekstherapeut?'

'Ik hou niet van etiketten,' antwoordde Samantha. "Maar ik weet veel van seks. Ik weet wat mensen leuk vinden en hoe het kan worden verbeterd. Het is een natuurlijk talent dat ik heb."

'Ik denk niet dat dat bij mij past. Bedankt voor de vriendelijke gastvrijheid, maar ik moet gaan. Ik neem de volgende vlucht naar huis.'

"Je bent net aangekomen".

"Ik weet het maar..."

'Roger heeft me gewaarschuwd dat je je daar zorgen over zou maken.'

'Ben je met hem naar bed geweest?' Vroeg Rachel botweg.

'Nee. Geloof me, je man is een trouwe man. Ik heb hem maar één keer aangekeken en ik wist dat zijn seksleven erg slecht was. Toen ik een kans op mijn schema vond, heb ik je man een aanbod gedaan.'

Rachel kneep haar ogen dicht.

'Ja, in ruil voor enkele duizenden dollars van het geld van mijn man, toch?'

'Zoals ik al zei, geld zegt me niets. Kijk eens rond, ik heb het geld van je man niet nodig. Maar als ik geen mensen factureer, zal er een lange rij mannen voor mijn deur wachten op gratis service. . "

'Nou, bedankt voor de gastvrijheid. Ik wil je tijd niet verspillen. Dit is niets voor mij. Ik neem de eerstvolgende beschikbare vlucht.'

Samantha knikte.

'Dat is volkomen begrijpelijk. Je kunt hier zo lang blijven als je wilt. Mijn chauffeur zal je meenemen wanneer je maar wilt. Ik zal het geld zo snel mogelijk aan je man teruggeven.'

"Heel erg bedankt."

'Veel succes met je huwelijk,' zei Samantha, en ze richtte haar aandacht weer op de ondergaande zon.

Rachel zweeg even.

'Wat weet je over mijn huwelijk?'

'Je man wilde dit met een reden. Dus ik weet dat je seksleven ongelooflijk saai en eentonig moet zijn.'

"Het huwelijk is meer dan alleen seks. We houden van elkaar. We zijn geweldige partners in het leven."

'Blijf jezelf dat voorhouden,' antwoordde Samantha. 'Je man heeft duidelijk het gevoel dat er iets ontbreekt in je relatie. Maar als je denkt dat alles perfect is, kun je gaan.'

Rachel zweeg een tijdje.

'Als ik hier blijf, bedoel ik wat er de komende dagen zal gebeuren? Wat moet ik hier doen?'

'Als je blijft, zal ik je de geneugten van overheersing en onderwerping leren. Dat is mijn specialiteit. Iemand zoals Roger moet zich de man in de relatie voelen. Ik kan je leren hoe je hem op de juiste manier dient.'

"Klinkt een beetje ruw."

"De seks is rauw. Maar het is ook mooi. Wanneer was de laatste keer dat je een verbijsterend orgasme had? Het soort dat een plas tussen je benen achterlaat."

'Ik weet het niet meer,' antwoordde Rachel. Jaren. Misschien meer.

'Arme zaak. Maar ik kan dat oplossen. Oudere vrouwen, vooral vrouwen, zijn mijn specialiteit.'

"We zullen niet ... weet je ..."

"We zullen. We zullen alles samen doen."

'Ik kan het niet,' antwoordde Rachel. 'Dit is belachelijk. Ik heb nog nooit een andere vrouw iets aangedaan.'

'Beschouw dit als een leerervaring. Bovendien is het niet gek als je man denkt dat het nuttig is.'

"Je bent zeker erg enthousiast over dit hele project."

Samantha glimlachte.

'Jij zou dat ook moeten zijn.'

"Wat nu?"

'Nu ga ik weer naar binnen om me klaar te maken voor het avondeten. Mijn kok maakt iets lekkers. Als je wilt blijven, kom dan bij me eten. Als je wilt gaan, praat dan met mijn chauffeur.'

"Ik wil blijven."

'Het eten zou binnenkort klaar moeten zijn. We kunnen elkaar beter leren kennen. Morgen begint het echte plezier.'

Samantha glimlachte weer.

Toen draaide hij zich om en ging zijn grote villa binnen.

HOOFDSTUK 7

De volgende dag.

Een klein deel van het personeel serveerde buiten het ontbijt.

Alles was goed gedaan.

Het eten was vers bereid.

De twee vrouwen genoten tijdens het ontbijt van elkaars gezelschap.

'Daar kan ik echt aan wennen', grapte Rachel.

Samantha knipoogde naar hem.

'Wie kookt er gewoonlijk bij jou in huis? Ik denk dat jij het bent. Je lijkt me een erg tamme vrouw.'

'Ik ben ouderwets opgevoed. Ik kom uit een lange rij huisvrouwen.'

"Typisch. Je hebt die klassieke conservatieve uitstraling.'

'Ik luister veel naar hem,' zei Rachel schouderophalend. 'Maar niet voor niets. Ik zorg graag voor mijn gezin. Ik vind het heerlijk om de ideale moeder en vrouw voor hen te zijn.'

Samantha knikte.

'Ik weet zeker dat Roger alles waardeert wat je in huis doet.'

'Ja,' antwoordde Rachel. 'Ik heb veel geluk dat ik dit heb. De meeste mannen waarderen niet wat hun vrouwen voor hen doen.'

"Beloont Roger je? Staat hij toe dat je aan zijn pik zuigt?"

"We vinden het jammer?"

'Laat Roger je aan zijn penis zuigen toen je een braaf meisje was?'

Rachel was verrast door het gladde gesprek tijdens het ontbijt, vooral in het bijzijn van het personeel.

Schaamteloos praten over seks leek altijd een slechte smaak te hebben.

'Ik denk niet dat het jouw zaken zijn,' antwoordde Rachel.

'Is dat niet zo? Ik dacht dat je mijn hulp nodig had.'

"Ik denk, maar ..."

'Wees eerlijk. We zijn allebei volwassen vrouwen. En mijn personeel is heel discreet. Ik probeer je alleen maar te helpen.'

Rachel zuchtte even.

'Ik doe het alleen af en toe voor hem. Ik vind het niet echt leuk om te doen.'

"Dus waar gaat je seksleven met Roger over? Klimt hij op je, geeft hij je een paar schommels en komt dan klaar?"

"Eigenlijk."

Samantha lachte bijna.

"Dit is geen geweldig seksleven. Het klinkt meer als een formaliteit."

"Het werkt voor ons."

Blijkbaar niet. Roger wil je hier met een reden. Ik vertel je niet graag het nieuws, maar Roger is een normale, geile jongen. Hij houdt van seks. En hij houdt van pijpen. Maar hij is te verlegen om een gunst van zijn schattige kleine vrouw extra te vragen ".

"Je bent aanmatigend."

Samantha trok een wenkbrauw op.

'Ben ik dat? Heeft Roger ooit seks afgewezen? Ziet hij eruit als een middelbare scholier elke keer dat je aan zijn lul zuigt? Je weet dat ik gelijk heb. Alle mannen zijn hetzelfde als het op seks aankomt.'

'Ik ben niet zo opgegroeid,' zei Rachel na een lange stilte. 'Je hebt waarschijnlijk gelijk wat Roger betreft. Maar ik weet niet meer hoe ik hem een plezier moet doen.'

Samantha knipte met haar vingers en iemand van het personeel bracht een seksspeeltje op een zilveren dienblad.

Samantha raapte het op en het personeel vertrok.

Het vleeskleurige seksspeeltje had de vorm van een mannenpenis.

"Het is verbazingwekkend hoe realistisch dit speelgoed voor volwassenen is geworden," zei Samantha, terwijl ze het verrast omhoog hield.

Ook al waren ze buiten, Samantha vond het niet erg om een dildo vast te houden.

Rachel voelde zich een beetje ongemakkelijk, ook al was er niemand anders.

'Ben je niet bang dat er iemand langskomt om je ermee te zien?' Rachel vroeg.

"Het is volkomen legaal om een seksspeeltje in de staat te hebben."

Rachel knikte beschaamd.

"Je hebt gelijk."

'Er is ook niets mis met jou te kussen.'

"Wat bedoelt u?"

Samantha schudde de dildo lichtjes.

'Kom op, geef hem een kusje.'

"Waarom?"

"Ik ben benieuwd hoe je eruitziet met een penis in je mond."

Rachel keek zenuwachtig toen Samantha haar de dildo overhandigde, die naar haar gezicht wees.

Ze dacht dat ruzie nutteloos zou zijn.

Ze was te gast in een luxe huis.

Ze wist dat het onbeleefd zou zijn om het verzoek af te wijzen.

Hij leunde over de tafel en kuste de kop van de dildo.

'Doe nu je lippen open,' zei Samantha. "Neem het in."

Rachel voelde zich ongemakkelijk, maar deed het toch.

Ze liet het seksspeeltje in haar mond glijden.

Samantha begon de dildo in Rachels mond te duwen en te trekken om orale seks te simuleren.

'Is dat alles?', Zei Samantha, haar aandachtig gadeslaan. 'Zuig het op. Zo alles. Stel je voor dat het Rogers is.'

Toen ik deze woorden hoorde, verlichtte een vuur Rachel van binnen.

Ze zoog harder, sneller en harder.

Ze begon eigenlijk met orale seks met een dildo.

Voordat Rachel verder kon gaan, haalde Samantha de dildo uit haar mond en leunde Rachel achterover in haar stoel.

'Niet slecht,' zei Samantha. 'Maar je zuigvaardigheden kunnen een beetje verbeteren. We zullen er later aan werken. Ik denk dat Roger heel blij zal zijn als je thuiskomt.'

'Ik hoop het,' bloosde Rachel.

Samantha glimlachte.

'We hebben een lange trainingsdag voor de boeg. Laten we ons ontbijt afmaken en onze tijd gebruiken.'

Ze gingen weer ontbijten.

Rachel keek naar haar eten, maar dacht nog steeds aan Samantha's laatste woorden.

Opleiding? Wat bedoelde hij daarmee?

HOOFDSTUK 8

Samantha's slaapkamer was één grote, ruime ruimte.

En het was eenvoudig maar elegant.

Het meubilair zag er rustiek en duur uit.

Het balkon was open en had een perfect uitzicht op de zee.

'Je man heeft me je lengte en afmetingen gegeven,' zei Samantha. 'Dus ik heb een nieuwe kledingkast voor je gekocht.'

Er stond een koffer in het midden van de kamer.

Samantha opende het en onthulde een breed scala aan kledingstukken, waarvan de meeste erg onthullend waren, en een breed scala aan ondergoed.

Rachel was verbaasd.

"Is dat alles voor mij?"

"Alles in dit geval is voor jou. Ik heb ook een nieuwe make-up set voor je gekocht."

'Wat is er mis met mijn make-up?'

'Niets als je accountant bent,' antwoordde Samantha. 'Maar als je je man een constante erectie wilt geven, moet je wat harder proberen.'

'Roger houdt van de manier waarop ik hem leuk vind.'

'Je bent een heel mooie vrouw. Ik weet zeker dat Roger denkt dat je de mooiste vrouw ter wereld bent. Maar soms willen mannen gewoon een vieze hoer in de slaapkamer. Dat zijn de feiten.'

Rachel zweeg even.

'Ik ben niet bepaald een jonge vrouw meer.'

'Er is absoluut niets mis met vrouwen van jouw leeftijd. Iedereen houdt van oudere vrouwen. Ik ben dol op oudere vrouwen.'

"Dus wat doen we?"

'Het is goed om een echte primitieve huisvrouw te zijn. Maar het is ook goed om zo nu en dan een vies kreng in de slaapkamer te zijn. Dat zal ik je leren.'

Rachel haalde diep adem.

'Goed. Ik sta open voor alles wat je te zeggen hebt.'

'Goed. Doe nu je kleren uit.'

"Excuseer mij?"

'Doe je kleren uit. Doe je kleren uit. Alles.'

"Waarom?"

'Ik dacht dat je zei dat je open was,' zei Samantha met opgetrokken wenkbrauw. 'Als je mijn hulp wilt, luister dan naar wat ik te zeggen heb.'

Rachel wist al dat ruzie maken met Samantha nooit een winnende strategie was.

Ze haalde diep adem om haar moed te tonen, trok aarzelend haar kleren uit, vouwde elk kledingstuk voorzichtig op en legde het op het naastgelegen bed.

Het was een beetje gênant voor Rachel om zich uit te kleden voor Samantha, omdat haar lichaam ouder werd en Samantha erg jong en fit was.

Maar Rachel hield zichzelf voor dat het was alsof ze zich voor de dokter uitkleedde.

Samantha had waarschijnlijk veel naakte vrouwen van haar leeftijd gezien.

Ze zag het allemaal.

Als deze reis voorbij is, hoef ik hem nooit meer te zien.

Dus wat maakt het uit als ze me naakt ziet?

Ze trok al haar kleren uit en uiteindelijk was Rachel helemaal naakt voor een veel jongere en aantrekkelijkere vrouw.

'Heel vrouwelijk en mooi,' zei Samantha met een hint terwijl ze knikte.

"Dus denk je?"

'Zoals ik al zei, ik ben dol op oudere vrouwen. En ik hou van huisvrouwen. Ik vind je buitengewoon aantrekkelijk.'

Rachel haalde haar schouders op.

"En wat nu?"

"Volg mij."

Samantha bracht Rachel naar het dressoir.

Rachel zat voor de grote spiegel en een tafel vol schoonheidsproducten van een merk.

Ze keken allebei naar Rachels topless spiegelbeeld in de spiegel.

Dus veegde Samantha Rachels make-up af met een vochtig servet tot haar gezicht schoon was.

De rimpels en ouderdomslijntjes op Rachels gezicht waren duidelijker.

'Je hebt zo'n natuurlijke schoonheid, Rachel. Je bent zo mooi.'

"Heel erg bedankt."

'Maar we zijn op dit moment niet geïnteresseerd in schoonheid,' zei Samantha. 'We zijn geïnteresseerd in sexy. Ben je er klaar voor, Rachel?'

"Ik denk het."

"Laten we beginnen."

Samantha ging meteen aan de slag met het aanbrengen van de cosmetica.

Ze bracht vakkundig een laag blush, oogschaduw, mascara, eyeliner en een felrode lippenstift aan.

Ten tweede zag de gereserveerde huisvrouw haar uiterlijk veranderen.

Toen ze klaar was, kon Rachel zichzelf nauwelijks herkennen.

"Wat dacht je van?" Vroeg Samantha trots op haar werk.

"Het ziet er ... het ziet er ... interessant uit ..."

Samantha klopte de vrouw op de schouder.

'Je zult er wel aan wennen. Bedenk dat dit alleen voor jou en Roger is. Niet voor anderen.'

"Ik begrijp het."

'Laten we ons nu aankleden, oké?'

Rachel stond op en volgde Samantha's stap de grote kamer binnen.

Samantha reikte in de kofferbak en haalde een dun rood gewaad tevoorschijn.

'Probeer dit eens,' zei Samantha. 'En kijk naar je in de spiegel.'

Rachel keek naar haar naakte spiegelbeeld in de spiegel terwijl ze haar mantel aantrok.

Het was schaars, dun en klein.

Het belangrijkste was dat het semi-transparant was.

De kleur van haar tepels en schaamhaar was volledig zichtbaar.

'Het is een beetje onthullend, is het niet?' Rachel zei wat duidelijk was.

'Dat is het idee. Als je thuis bent, wil ik dat je dit altijd voor Roger draagt. Het wordt een gelukkiger huwelijk.'

'Moet ik altijd praktisch naakt zijn?'

"Denk er eens over na, zou Roger met je in discussie gaan terwijl je tepels blootliggen?"

'Dat is zeker een leuke manier om naar de dingen te kijken,' antwoordde Rachel grinnikend.

Samantha glimlachte.

"Ik heb door de jaren heen veel stellen geholpen. Geloof me, ik weet waar ik het over heb."

De twee vrouwen lachten speels naar elkaar voordat ze meer outfits probeerden.

HOOFDSTUK 9

Later die dag.

Rachel was in een staat van diepe ontspanning.

Ik was alleen met een getrainde masseuse in de spa-kamer.

Haar gedachten dwaalden af toen haar rug een deskundige massage kreeg.

Het was heerlijk.

'Ik ben blij dat je het naar je zin hebt,' zei Samantha, terwijl ze de spa binnenliep.

"Dat is hemels."

'Een goede massage is altijd hemels. Sorry dat ik je stoor, maar ik heb mijn vader net aan de telefoon gesproken. Er is iets gebeurd.'

Rachel ging rechtop zitten om het nieuws te horen.

Haar borsten waren zichtbaar, maar het kon haar niet schelen.

"Alles goed?" Zij vroeg.

'Alles is in orde. Maar mijn vader heeft een belangrijk diner met een aantal van zijn zakenpartners en hij wil dat ik bij hem kom. Hij wil dat ik het weet. Ik ben ook goed in het ontvangen van gasten.'

"Ik moet gaan?" Vroeg Rachel, stiekem bang voor het ergste.

'Nee, nee. Maar ik weet niet zeker wanneer ik terugkom, dus maak het jezelf gemakkelijk bij mij. Ik heb het personeel al geïnstrueerd om een lekker diner voor je te maken. Doe daarna wat je wilt. Er zijn boeken , Films, muziek, wat je maar wilt. Mijn personeel helpt je met alles wat je nodig hebt. "

"Dank je! Je bent erg vriendelijk."

Samantha trok een wenkbrauw op.

'Als je zin hebt in iets provocatiever, probeer dan de dvd-collectie in mijn kamer. Wie weet zie je iets wat je leuk vindt.'

'Dat zal ik in gedachten houden,' antwoordde Rachel, die niet wist hoe ze de insinuaties moest interpreteren.

'Veel plezier. Ik zal proberen snel terug te komen.'

"Goede nacht."

Samantha glimlachte boosaardig en vertrok.

HOOFDSTUK 10

In dezelfde nacht.

Het luxueuze landhuis zag er een beetje saai uit zonder de eigenaar.

Na een vroeg diner keek Rachel naar de zonsondergang en verkende ze het huis nog een keer.

Hij wierp een blik op wat hij had voor zijn thuistheater en muziekbibliotheek, maar niets interesseerde hem erg.

Nu zat hij tv te kijken in de woonkamer.

Het nieuws was het enige waar hij om gaf.

Hij vroeg zich af hoe het met Roger ging.

Ze vroeg zich af of Roger haar zou missen.

Verveling kwam.

Het was elf uur 's ochtends en Rachel besloot naar bed te gaan.

Op weg naar zijn kamer passeerde hij Samantha's kamer.

De deur stond wagenwijd open.

Het aanbod om haar privé-dvd's te bekijken, was nog steeds bij haar opgekomen.

Waarom niet?

Ze nodigde me uit om in haar kamer te komen kijken.

Rachel ging de ouderslaapkamer binnen en liep naar de grote tv.

De dvd's waren niet moeilijk te vinden.

Er waren meer dan 200 dvd's, schatte hij.

Alle dvd's waren zelfgemaakt.

Elke dvd had een naam en een datum.

Rachel zette de tv en de dvd-speler aan.

Ze koos een willekeurige dvd uit met de titel: Joseph 03-07-2018

De dvd begon en Rachel ging op het bed zitten.

Ze was verbaasd over wat ze zag.

Er verscheen een naakte man op het scherm.

Hij was van middelbare leeftijd en had een normale vorm.

Hij had het gezicht van een succesvolle zakenman.

Zijn penis was klein en slap.

Hij zag er verlegen uit.

Hij keek recht in de camera.

Hij stond in een logeerkamer.

De man gaf zijn naam, leeftijd en beroep als vastgoedontwikkelaar.

De scène voelde heel vreemd aan en maakte Rachel buitengewoon ongemakkelijk.

Hij begreep niet waarom Samantha zo'n dvd zou hebben.

Rachel stond op en stond op het punt de dvd uit te zetten toen ze plotseling Samantha's stem op de tv hoorde.

Hij begon de naakte man te bevelen.

Rachel ging weer zitten om verder te kijken.

De naakte man op het scherm streelde zichzelf.

Zijn kleine penis werd een beetje groter en stijver.

De man knielde toen Samantha's stem hem beval.

Samantha verscheen op het scherm en Rachel hapte bijna naar adem.

Samantha verscheen in de video in een strak leren korset en liet haar armen en benen zien.

Een lange dildo die minstens 20 centimeter lang moet zijn geweest, werd tussen Samantha's benen vastgebonden.

Samantha stond voor de knielende man en de man begon enthousiast de penis uit de riem te zuigen.

Het enige wat Rachel kon doen, was staren, bijna in shock.

Ik had totaal ongeloof dat Samantha dit een man zou aandoen.

Haar instinct zei haar dat ze de dvd moest uitschakelen, maar dat lukte niet.

Het scherm was hypnotiserend geworden.

In de video beval Samantha de man om op te staan en over het bed te buigen.

Hij deed het met enthousiasme.

Samantha smeerde vervolgens een grote hoeveelheid glijmiddel op het seksspeeltje en ging achter de man staan.

Rachel hapte naar adem toen ze Samantha de man zag binnenkomen.

Het was alles wat Rachel kon verdragen.

Hij stond op en zette de dvd uit.

Toen hij de dvd weer in de collectie stopte, zag hij nog een video genaamd Anna 23-05-2019.

Het is pas een paar maanden geleden opgenomen en de hoofdrolspeler moet een vrouw zijn geweest.

Rachel was nieuwsgierig, speelde de video af en leunde achterover op het bed.

De video toonde een volwassen, naakte vrouw.

De vrouw was begin vijftig.

Duidelijk een huisvrouw.

De video werd ook opgenomen in dezelfde kamer, maar deze keer hield Samantha de camera vast en sprak met de huishoudster.

Samantha beval de vrouw te knielen en in Samantha's kutje te kruipen.

De vrouw voerde vakkundig orale seks uit op Samantha's gladgeschoren poesje.

Rachel was overweldigd door de wens om Samantha's privé-sekstape thuis te zien.

Hij reikte naar beneden en raakte terwijl hij toekeek.

Ze begon met haar kutje te spelen.

Lesbisme en onderwerping waren nooit haar fantasieën, maar er was iets intrigerends aan Samantha's homevideo's.

Rachel bleef haar kutje wrijven tot de video eindigde.

Toen speelde hij nog een video, deze keer van een stel.

De tijd vloog voorbij en Rachel had al een paar video's gezien.

Ze kwam krachtig naar zelfgemaakte porno kijken.

Het was lang geleden dat ze zo'n goed orgasme had gevoeld.

Ze sloot haar ogen om even te rusten.

* * *

Rachel werd wakker met het gevoel van een vinger die over haar huid wreef.

Zijn ogen werden groot.

Het was nog steeds nacht.

Ze keek op en zag Samantha met een glimlach op haar gezicht over haar heen staan.

"Ik zie dat je genoten hebt van mijn verzameling", glimlachte Samantha.

Rachel bedekte snel haar kutje.

'Oh god. Het spijt me zo. Ik moet in slaap zijn gevallen.'

'Je hoeft je nergens voor te verontschuldigen. Je hebt iets gevonden dat je leuk vindt. Nu zijn we klaar voor de volgende stap.'

Beide vrouwen keken elkaar in de ogen.

Er viel een korte stilte tussen hen in.

En er was ook een rustig besef dat de dingen veel interessanter zouden worden.

DERDE DEEL:
Slavernij is ons een genoegen

HOOFDSTUK 11

Het ontbijt was de volgende ochtend bijna ongemakkelijk voor Rachel.

Het was de eerste keer in haar leven dat ze betrapt werd op masturberen.

Ik voelde me schaamte en voelde me ongemakkelijk.

'Je moet veel vragen hebben,' zei Samantha.

"Iets."

'Wees niet verlegen. Laten we naar je luisteren.'

"Wat deed je precies in deze video's?" Rachel vroeg.

"Verschillende mensen hebben verschillende fetisjen. Dat is een feit van de menselijke seksualiteit. Ik bied gewoon een dienst aan die fetisjen."

'Ben je een soort dominatrix of hoe je het tegenwoordig ook noemt?'

Samantha glimlachte.

'Als ik wil zijn. Of als iemand mijn hulp nodig heeft.'

'Noem je deze hulp?' Vroeg Rachel, terwijl ze haar voorhoofd optilde.

'Natuurlijk. Heb je gezien hoeveel deze mensen kwamen?'

Rachel voelde zich plotseling verlegen.

"Was je ... eh ..."

'Vooruit. Vraag het maar. Ik zal niet bijten.'

Rachel haalde diep adem.

'Heb je overwogen om een van deze dingen met mij of Roger te doen? Was dat al die tijd het plan? Wil Roger in de watten gelegd worden? Wil hij zien hoe ik orale seks heb met een vrouw?'

'Dat zijn toch de grote vragen?'

'Wil je me een antwoord geven?'

Samantha wachtte een lange, dramatische pauze terwijl ze nipte van het versgeperste sap.

'Het antwoord is dit,' antwoordde Samantha. 'Je man heeft geen idee wat hij wil. Hij weet dat hij een beter seksleven wil. Hij weet dat hij niet elke week seks wil hebben met een emotieloze vrouw.'

'Roger noemde me een emotieloze vrouw?' Vroeg Rachel gekwetst.

'Niet met die woorden. Maar zoals hij zijn seksleven beschreef, kun je net zo goed emotieloos zijn.'

'Dus wat denk je dat Roger wil? Om me onderdanig te maken zoals de vrouwen in je video's?'

'Misschien. Daar was deze reis voor bedoeld. Helaas zorgde hij voor zichzelf en ik kan hem niet helpen. Maar gelukkig ben je hier.'

"Ga jij vreemd?"

'Nee, dat is hij niet. Ik kan zeggen van niet. Maar hij staat op het punt het te doen. De seks die je aanbiedt is ongepast voor een man als hij.'

"Moet ik dit doen?" Rachel vroeg.

"Doe wat ik je vertel. Kleed je zoals ik je zei. Zuig op zijn pik zoals ik je heb geleerd. Ik verwacht zelfs dat je hem elke ochtend voor het werk en opnieuw als hij dat doet een pijpbeurt geeft. Komt thuis. Geen excuses. " niet te ".

Rachel knikte.

"Ik kan dat doen."

'Maar er valt nog meer te leren. Orale seks lost niet alles op, geloof het of niet.'

"En wat is dat?"

Samantha keek hem sluw aan.

'We moeten het na het ontbijt uitzoeken.'

HOOFDSTUK 12

Er hing een voelbare spanning in de lucht toen Rachel Samantha volgde naar een privékamer in de villa.

De kamer had eenvoudige muren en eenvoudig meubilair.

Er was een klein bed, slechts 60 cm hoog.

Het bed was gewoon gedekt, geen dekens of kussens, alleen een laken.

'Laten we geen tijd verspillen,' zei Samantha. 'Je man wil een onderdanige vrouw. Diep van binnen verlang je naar een dominante seksuele figuur.'

'Ik ben het er totaal niet mee eens,' zei Rachel resoluut.

"Oh?"

"Ik denk niet dat Roger me zo wil. En ik heb zeker mijn grenzen. Ik heb altijd het gevoel gehad dat een goede relatie gebaseerd is op gelijkheid."

"Zelfs tijdens seks?"

"Ja."

Samantha likte haar lippen.

"Je hebt vandaag veel te leren."

"Ik sta open voor wat je suggereert."

Samantha knikte.

'Ik heb je niet voor niets hierheen gebracht. Dit is een beginnerskamer. Je bent nog niet klaar voor de bondagekamer.'

"Klinkt intimiderend."

'Op een goede manier intimideren. Maar voorlopig zullen we tevreden zijn met deze kamer, want die is na een ramp gemakkelijk schoon te maken.'

"Wat moet dat betekenen?" Rachel vroeg.

"Het betekent dat ik je laat klaarkomen. Op de juiste manier. Ik zal je laten zien hoe een echt orgasme aanvoelt."

'Samantha, ik waardeer alles wat je voor me doet, maar ik denk echt niet dat het nodig is.'

'Natuurlijk,' antwoordde Samantha resoluut. 'Je kunt niet echt onderdanig worden als je de geneugten ervan niet hebt gevoeld. We beginnen langzaam. Ik zal je een nieuwe levensstijl geven.'

Rachel was onder de indruk van het woord levensstijl.

De dingen zouden interessanter moeten worden.

En hij was benieuwd waar het heen ging.

"Prima," antwoordde ze. 'Ik zal geen ruzie maken. Ik zal niet klagen. Ik zal doen wat je vraagt.'

'Ik wil je kont zien. Ik wil dat je naakt bent vanaf je middel. Ga dan op het bed liggen. Houd je voeten op de grond.'

Rachel maakte zich zorgen over het verzoek.

Maar ze deed het toch, aangezien ze had gezegd dat ze het zou doen zonder ruzie.

Ze trok alles uit, legde haar kont bloot en legde voorzichtig haar kleren op het bed.

Nu stond ze bloot met haar matig harige bosje Samantha.

Toen ging hij op het bedje liggen met zijn voeten nog op de grond.

'Je zult je later moeten scheren,' zei Samantha terwijl ze naar het schaamhaar keek.

'Mijn man vindt het lekker.'

'Scheer je vandaag. Maak je geen zorgen, het groeit weer aan.'

Rachel rolde met haar ogen.

"Klaarblijkelijk."

'Spreid nu je benen. Breed.'

Rachel deed het.

Ze spreidde haar benen en gaf Samantha een duidelijk zicht op haar kutje.

Ze voelde zich onzeker om haar rijpe kutje te laten zien aan een mooie jonge vrouw, maar vermoedde dat er een doel achter zat.

"Nu blij?"

"Lekker poesje," raadde Samantha. "Het is schattig."

'Ga je daar staan kijken?'

'Natuurlijk niet. Als je het niet erg vindt, bind ik je benen aan het bed voordat ik je laat komen. Ontspan, ik beloof je dat je ervan zult genieten.'

Samantha pakte iets onder het bed en haalde een touw tevoorschijn waarmee ze Rachels enkels aan tegenoverliggende palen op het bed vastbond.

Hij deed alles met deskundige precisie.

Het was duidelijk dat Samantha een expert was op het gebied van touwen en bondage.

Toen hij klaar was, werden Rachels adelaarsbenen gespreid, vastgebonden en stond haar poesje wijd open.

Een luid gebrom weerkaatste door de kamer.

"Wat is dat in godsnaam?" Vroeg Rachel terwijl ze Samantha aankeek.

Samantha hield een groot vibrerend seksspeeltje omhoog dat eruitzag en klonk als een elektrisch gereedschap.

Het apparaat had een vibrerende bovenkant die was ontworpen om de clitoris van een vrouw te stimuleren.

'Dit zal je leven ten goede veranderen. Nu ontspannen.'

Rachel lag met grote ogen op het bed.

Het ding kwam tussen haar benen.

Samantha zag eruit alsof ze een medische procedure uitvoerde met de krachtige vibrator.

De vibrerende bovenkant kwam dichter bij het blootgestelde poesje.

De sterke vibrator raakte het puntje van Rachels clitoris.

"Aaahhhh !!!!" De volwassen huisvrouw schreeuwde van de pijn.

Samantha trok zich even terug.

'Ontspan. Ontspan, lieverd. Ontspan terwijl ik voor je zorg.'

De sterke vibratie werd teruggebracht in de clitoris.

Rachel schreeuwde weer.

Hij had Samantha kunnen vragen om te stoppen.

Ze had kunnen gaan zitten en Samantha een duwtje geven.

Ze had kunnen vechten.

Maar ze deed het niet.

Rachel ging gewoon achterover op het bed liggen en nam de intense stimulatie in zich op.

Hoewel het pijnlijk was, was er ook een vleugje plezier.

Het plezier groeide en groeide.

Rachel ging door met de angst, maar probeerde haar lichaam te ontspannen.

Ze accepteerde het sterke gevoel.

Zijn benen trilden en worstelden tegen het touw, maar nee, het had geen zin.

Zijn benen konden niet bewegen.

De sensatie in zijn lichaam was in conflict.

Ze wilde weerstand bieden, maar ze wilde ook de gevoelens laten stromen.

Ze bleef op het bed kreunen en huiveren.

Samantha drukte haar handpalm op het lichaam van de huisvrouw.

Daarna drukte hij het vibrerende seksapparaat stevig tegen haar clitoris.

De stimulatie was onwerkelijk.

De volwassen huisvrouw schreeuwde van pijn en plezier.

Zijn benen vochten met alle macht tegen het touw.

Het was een verloren strijd.

Toen Samantha twee vingers in haar kutje stak, kwam Rachel naar buiten.

Ze rende en rende.

Ze spetterde en spetterde haar sappen.

Het was een nat orgasme dat overal een echte rotzooi veroorzaakte.

Rachels rug kromde slecht.

Zijn tenen krulden zich op.

Hij trok vreemde gezichten die een tijdje bijna onherkenbaar waren.

Toen werd zijn lichaam helemaal slap.

Samantha zette het apparaat uit en glimlachte naar haar werk.

Hij liet het apparaat zakken en maakte de enkels van de huisvrouw los.

Hij ging op het bed zitten en wreef over Rachels haar toen hij merkte hoe mooi ze eruitzag.

'Vecht nog niet om te praten,' zei Samantha, nog steeds over Rachels haar wrijvend. "Gewoon ontspannen. Geniet van je gelukzaligheid. Ik weet zeker dat je clitoris nu pijn doet."

Rachel knikte.

"Ja."

"Rust even uit. Laat je clitoris genezen. Later op de dag gaan we door met trainen."

Samantha boog zich voorover om Rachel op het voorhoofd te kussen, toen op de wang en toen op de lippen.

HOOFDSTUK 13

De tijd verstreek langzaam.

Ze lunchten samen en praatten over normale dingen.

Er groeide een vriendschap tussen hen.

Het onderwerp seks was niet teruggekomen en Rachels clitoris had tijd om te genezen van de trillingsaanval.

Rachel deed die middag een dutje en toen ze wakker werd lag er een mooie zwarte jurk op haar bed.

Er lag ook een paar schoenen met hoge hakken op het bed.

Bovenop de jurk zat een handgeschreven briefje.

De notitie luidde:

"Neem een goede lange douche. Breng dan je make-up aan zoals ik je heb geleerd. En dan de jurk en hakken aantrekken met niets anders eronder.

We ontmoeten elkaar beneden om zes uur 's middags in de slavenkamer. De deur is ontgrendeld ".

Het briefje is ondertekend door Samantha.

Een tintelend gevoel groeide tussen haar benen.

Rachel stond op en nam een douche.

Ze droogde zich af en bekeek haar naakte spiegelbeeld in de spiegel voordat ze make-up aanbracht.

Ze paste elk cosmetisch product precies toe zoals Samantha haar had geleerd.

Rachel trok de jurk aan voor de slaapkamerspiegel.

De jurk was elegant en sexy.

Ze was verbaasd over haar spiegelbeeld.

Ze leek een heel andere vrouw.

* * *

Hij kwam om precies zes uur 's middags de trap af en liep toen de gang door.

Het was gemakkelijk te zien waar de slavenkamer was.

Het was de enige kamer in de villa waar de deur altijd gesloten was.

Nu stond de deur open en hij scheen haar te bellen.

De bondagekamer leek saai in vergelijking met de rest van het huis.

Het was een middelgrote kamer zonder waarde.

Er waren een paar tafels en stoelen.

Er waren andere interessant uitziende items zoals een touw dat aan het plafond bungelde en vreemd uitziende apparaten die er ruw uitzagen.

Rachel ging de kamer binnen en liet haar ogen over haar heen dwalen.

De verwachting groeide.

'Was dat wat je had verwacht?' Samantha's stem zei van achteren.

Rachel draaide zich om en zag Samantha in een rood leren korset en zwarte laarzen.

Haar armen en benen waren strak gespannen en haar haar was naar achteren getrokken.

Ze was gekleed als een echte dominatrix.

Samantha deed toen de deur dicht.

'Ik hoopte nog wat langer om eerlijk te zijn,' zei Rachel terwijl ze haar zenuwen verborg.

'De meeste mensen verwachten meer van mijn bondagekamer. Maar ik geef de voorkeur aan eenvoud. Ik hou van dat verrassingselement.'

"Wat bedoelt u?"

"Ik vind het leuk dat mensen deze kamer onderschatten," glimlachte Samantha. "Het maakt ook niet uit wat voor soort speelgoed en apparaten er worden gebruikt. Het is de bereidheid om te onderwerpen en de dominante macht over de onderdanige die een goede erotische BDSM-relatie vormt. Niet het speelgoed."

Rachels handen wezen naar de kamer.

'Maar hier zijn we dan.'

'Begrijp me niet verkeerd,' zei Samantha en ging naar de huishoudster. "Ik ben dol op het gebruik van speelgoed. En ik ben ook dol op touwtjes. Ze versterken mijn macht over onderdanigen op veel manieren."

"Wat ga je met me doen?"

Samantha's ogen keken de huisvrouw van top tot teen.

"Ik vergat te vermelden hoe mooi je eruitziet in deze jurk. Hij past perfect bij je en laat al je rondingen zien. En je make-up, ik ben onder de indruk. Je leert snel."

'Bedankt. Je ziet er ... eh ... aantrekkelijk uit in die outfit.'

"Ik probeer altijd mijn best te doen."

'Dus wat ga je met me doen?' Vroeg Rachel opnieuw, bijna wanhopig om het te weten.

Samantha deed een stap naar voren en legde haar lippen tegen het oor van de huisvrouw.

'Ik bind je vast,' zei Samantha zacht. 'Dan laat ik je keer op keer komen. Je bent van je man. Maar vanavond ben je van mij. Je poesje is van mij. En je orgasmes zijn ook van mij.'

Rachels ogen werden groot.

"Oh. Ik ... uh ..."

'Ik veronderstel dat Roger je nooit heeft vastgebonden.'

"Nooit."

'Perfect. Ik vind het heerlijk om iemands eerste te zijn. Wees stil.'

Rachel zweeg verlegen in haar dure jurk toen ze zag dat Samantha een apparaat aan de muur draaide.

Het touw dat aan het plafond hing, zakte naar Rachel toe.

'Ga je me hiermee vastbinden?' Rachel vroeg.

"Er is een probleem?"

Rachel schudde zenuwachtig haar hoofd.

"Niet."

'Goed. Geef me nu je poppen.'

Samantha gebruikte het zachte touw en bond Rachels polsen vakkundig vast.

De knoop zat strak.

Rachels handen waren vastgebonden.

Hij verzette zich niet.

Nadat ze het touw had vastgemaakt, ging Samantha terug naar de muur en draaide het apparaat in de tegenovergestelde richting.

Hierdoor kwamen Rachels handen boven haar hoofd uit.

Niets pijnlijks, maar genoeg om Rachel ervan te weerhouden te bewegen.

"Knus?" Vroeg Samantha met een halve glimlach.

Rachel huiverde bijna toen ze boven haar hoofd ging staan met haar handen vastgebonden.

'Mijn polsen doen pijn.'

'Het doet pijn omdat je vecht. Ontspan. Geef jezelf aan mij.'

Samantha maakte een la open en keek naar binnen.

Hij haalde een mes tevoorschijn en liep langzaam naar Rachel met een boosaardige glimlach, zwaaiend met het scherpe voorwerp.

"O mijn God!" Rachel hapte naar adem van angst en dacht dat er iets vreselijks zou gebeuren. "Alsjeblieft niet! Mijn God! Mijn God!"

'Doe niet zo gek. Ik zal je geen pijn doen. Nou, niet op de slechte manier.'

Samantha droeg het mes bovenop Rachels jurk.

Daarna sneed ze de jurk af en verdeelde deze in twee.

Samantha legde het mes op een nabijgelegen tafel en deed de bovenkant van de jurk open om Rachels twee ronde borsten te laten zien.

"Nu zie je eruit als een echte hoer," glimlachte Samantha. "Kinky make-up, mooi haar, dure hakken en een gescheurde jurk die je oude slappe tieten blootlegt. Allemaal tekenen van een hoer. Ben je het daar niet mee eens?"

Rachel knikte zenuwachtig.

"Ja."

'Ik houd me altijd aan de 10 cm-regel. Vertel me eens hoe groot de penis van je man is?'

'Ongeveer tien centimeter,' gaf Rachel toe.

'Roger is vijf centimeter lang, dus ik zal er nog tien centimeter bij doen. Dat is in totaal negen centimeter.'

Samantha opende een andere la voor een 20 cm grote dildo.

Ze keek hem aan en verwonderde zich over de grootte.

Daarna deed ze een riem om haar kruis en deed ze de 25 cm grote dildo om.

'Ga je dat in mij stoppen?' Vroeg Rachel nerveus.

'Ik ga je ermee voor de gek houden,' antwoordde Samantha en smeerde het lul in. "Heb je ooit seks gehad terwijl je stond?"

"Niet."

"Nog een keer."

Samantha stond voor Rachel.

Ze stonden tegenover elkaar, slechts centimeters van elkaar verwijderd.

Samantha was veilig en kalm.

Rachel was een zenuwachtig wrak.

De seksuele spanning hing in de lucht.

Samantha boog zich voorover en gaf Rachel een dikke kus op de lippen.

In het begin was het glad.

Dan meer gepassioneerd.

Toen werd het ruiger.

Samantha beet zachtjes op Rachels onderlip.

Daarna bleven ze kussen met hun tong.

Terwijl ze kusten, liet Samantha haar handen zakken en tilde Rachels jurk op.

Toen bracht hij het puntje van de riem naar Rachels lippen.

Rachel spreidde haar benen terwijl ze stond.

De dildo richtte zich op haar kutje.

'Ik ga nu in je doordringen,' fluisterde Samantha in Rachels oor.

"Wees zachtaardig."

'Nee,' fluisterde Samantha.

Terwijl de twee vrouwen verstrengeld bleven, gaf Samantha een harde duw en ging Rachels poesje binnen, wat een hoorbare snik veroorzaakte.

Samantha gaf nog een duw en ging dieper.

Het seksobject werd steeds dieper.

Op een gegeven moment was het 9-inch seksobject volledig in haar kutje begraven.

Rachel kreunde en haar benen sloegen.

Samantha toonde haar fysieke kracht door haar beide dijen stevig in de lucht te klemmen.

Rachel lag helemaal van de vloer, haar handen bungelend aan het touw in het plafond.

Haar voeten en hielen wapperden wild terwijl Samantha haar benen vasthield.

'Vecht niet,' zei Samantha, terwijl ze de huisvrouw in de lucht hield. 'Hoe meer je vecht, hoe meer pijn het zal doen. Geef jezelf aan mij.'

Samantha leunde achterover en gaf nog een harde duw, waarbij ze de dildo dieper in haar kutje duwde.

Samantha's handen hielden Rachels benen stevig vast.

Rachel was in de lucht toen de dominatrix haar binnenkwam.

Ze neukten.

Ze keken elkaar in de ogen.

Rachel huilde en kreunde.

Maar ze heeft Samantha nooit gezegd dat ze moest stoppen.

Ze durfde niet, maar ze wilde het niet.

Het maakte deel uit van de training en hij begon zich op zijn gemak te voelen toen zijn lichaam zich aanpaste aan de grootte.

Haar haar was verward, net als haar voeten.

Ze vond het leuk om geneukt te worden door Samantha.

Zijn lichaam brandde.

Rachels polsen deden pijn.

De huid rond haar polsen werd dieprood terwijl haar lichaam in de lucht hing.

Maar de pijn in haar polsen was niets vergeleken met het gevoel dat haar kutje voelde.

Het grote seksspeeltje stimuleerde de zenuwen in haar kutje waarvan ze nooit wist dat ze bestonden.

De stoten gingen door.

Ze gilde en gilde.

Ze huilde en huilde.

Ze kreunde en kreunde.

'Kom me halen,' zei Samantha, terwijl ze de huisvrouw met plezier aankeek. 'Kom me halen, smerige ouwe hoer.'

Rachel duwde haar heupen omhoog.

"Ik ben niet oud!"

Een orgasme scheurde door haar lichaam.

Rachel schreeuwde luid.

Zijn rug kromde slecht.

Ze gooide de schoenen met hoge hakken naar de andere kant van de kamer.

Het vocht uit Rachels poesje spatte overal rond, waardoor de schoonmaakster een serieuze klus had.

Toen het orgasme afnam, rolden Rachels ogen terug en ontspande haar lichaam.

Samantha liet haar knuffel los en Rachel bungelde het touw bijna zwak om haar polsen.

Samantha liet het touw zakken en Rachels halfbewuste lichaam lag op de grond in een plas met haar eigen hete sappen.

Toen Rachel haar ogen kon openen, zag ze Samantha haar korset uittrekken en helemaal naakt worden.

Rachel kon niet anders dan jaloers zijn op Samantha's perfect naakte lichaam.

Samantha zat op de grond te spelen met Rachels haar.

"Roger heeft het geluk dat hij een hoer als jij klaarkomt," lachte Samantha volledig naakt.

'Ik ben nog nooit zo gekomen. Nooit.'

'Ik ben blij dat ik je ervoor had kunnen dienen. Maar onthoud, ik ben de dominatrix, jij bent de onderdanige. Dit is voor mijn plezier, niet voor jou. En ik ben nog niet gekomen.'

Rachel trok een wenkbrauw op.

"Wat denk je?"

"Heb je ooit een poesje gegeten?"

"Niet."

'Wat ben je in alles een maagd. Kruip naar me toe. Leg je gezicht tussen mijn benen.'

Rachel deed wat haar werd opgedragen.

Hij kroop tot zijn gezicht slechts enkele centimeters van haar kutje verwijderd was.

'Kus mijn lippen,' beval Samantha, verwijzend naar haar eigen vagina. "Ik hou ervan om gekust te worden."

Rachel gaf toe en kuste de buitenste laag van Samantha's gladgeschoren poesje.

'Lik eraan als een lolly. Steek dan je tong erin alsof je al dagen niet gegeten hebt.'

Rachel volgde de instructies, likte haar kutje en probeerde de externe vloeistoffen.

Zijn tong voelde elk punt op haar lippen.

Toen stak hij zijn tong erin, likte en zoog.

Het was de eerste keer dat ze een poesje had gegeten en ze vond dat het lekker smaakte.

'Dat is prima,' kreunde Samantha. "Ga zo door. Blijf likken als een braaf kitten."

De huisvrouw, ooit gereserveerd, primitief en ordelijk, was al snel een ervaren poesjeseter geworden.

Ze likte en zoog enthousiast.

Zijn tong streek op en neer.

Even later kwam Samantha aanrennen en gaf een hoge schreeuw.

Zijn benen trilden, toen ontspande hij zich.

Samantha's ogen lichtten op.

'Mijn god. Wie wist dat je het op een natuurlijke manier kon doen?'

Rachel glimlachte en legde haar hoofd op Samantha's dij.

"Jij weet het goed".

"Dus denk je?" Vroeg Samantha retorisch.

Rachel kuste de dij van de dominatrix.

"Ja."

De twee vrouwen zetten hun moment van wederzijds comfort voort.

Rachel sloot haar ogen en leunde met haar hoofd achterover op de dij van de dominatrix.

Samantha keek naar de mooie huisvrouw en streelde haar haar.

HOOFDSTUK 14

Dagen later.

Nadat Rachel haar bagage had opgehaald, duwde ze een karretje met twee koffers naar binnen: een met haar normale kleren en de andere die Samantha haar had gegeven.

Ze zag haar man buiten wachten.

Een brede glimlach werd beantwoord.

Roger was blij zijn vrouw zo goed gebruind en ontspannen te zien.

Hij rende naar Rachel.

Ze stopte de auto en gaf hem een stevige, verstikkende knuffel.

Het was een bijzonder moment.

Ze wilde dat deze dag een nieuw begin zou zijn voor hun huwelijk.

'Ik heb je zo gemist,' zei Roger.

Rachel legde haar lippen tegen zijn oor en fluisterde: "Je neemt me mee naar huis en bind me vast aan het bed in de kamer. Dan duw je je pik in mijn keel. En dan neuk je me. Begrepen?"

Hij deed een stap achteruit om zijn vrouw van dichterbij te bekijken, verbaasd over haar vuile taal.

Er was een speciale glans in Rachels ogen.

Een honger

Een genoegen.

Roger besefte dat zijn vrouw een andere vrouw was.

Roger knikte en accepteerde de uitnodiging.

Rachel glimlachte en kuste hem.

EINDE

Don't miss out!

Visit the website below and you can sign up to receive emails whenever Erika Sanders publishes a new book. There's no charge and no obligation.

https://books2read.com/r/B-A-IGGS-CKPNC

BOOKS 2 READ

Connecting independent readers to independent writers.

www.ingramcontent.com/pod-product-compliance
Lightning Source LLC
Chambersburg PA
CBHW051309160726
47994CB00003B/1382